KB080749

떠도는 먼지들이 빛난다

떠도는 먼지들이 빛난다

손 택 수 시 집

창비

차례

제1부

장대높이뛰기 선수의 고독

착지한 땅을 뒤로 밀어젖히는 힘으로 맹렬히 질주하다
강물 속의 물고기라도 찍듯 한점을 향해 전속력으로 장
대를 내리꽂는 순간,
그는 자신을 쏘아올린 지상과도 깨끗이 결별한다
허공으로 들어올려져 둥글게 만 몸을 펴 올려 바를 넘을
때,
목숨처럼 그러쥐고 있던 장대까지 저만치 밀어낸다
결별은 그가 하늘을 만나는 방식이다
그러나 바 위에 펼쳐진 하늘과의 만남도 잠시,
그의 기록을 돋보이게 하는 건 차라리 추락이다
어쩌면 추락이야말로 모든 집중된 순간순간들의 아찔한
황홀이 아니던가
당겨진 근육들이 한점 망설임 없이 그를 응원할 때
나른하던 공기들도 칼날이 지나간 듯 쫙 소름이 돋는다
뜨거운 포옹과 날렵한 결별 속에서 태어나는 몸
출렁, 깊게 패는 매트를 향해 끝없이 자신을 쏘아올려야
하는 자의 고독이 장대를 들고 달려간다

폭발하는 한점 한점,
딱딱하게 굳은 바닥에 물수제비 물결이 인다

녹슨 도끼의 시

예전의 독기가 없어 편해 보인다고들 하지만
날카로운 턱선이 목살에 묻혀버린
이 흐리멍덩이 어쩐지 쓸쓸하다
가만히 정지해 있다 단숨에 급소를 낚아채는 매부리처럼
불타는 쇠번개 소리 짝, 허공을 두쪽으로 가르면
갓 뜬 회처럼 파들파들 긴장하던 공기들, 저미는 날에 묻어나던 생기들
애인이었던 여자를 아내로 삼고부터
아무래도 내 생은 좀 심심해진 것 같다
꿈을 업으로 삼게 된 자의 비애란 자신을 여행할 수 없다는 것,
닦아도 닦아도 녹이 슨다는 것
녹을 품고 어떻게 녹을 뛰어넘을 수 있을까
녹스는 순간들을 도끼눈을 뜬 채 바라볼 수 있을까
혼자 있을 때면 이얍, 어깨 위로 그 옛날 천둥 기합소리가 저절로
터져나오기도 하는 것인데, 피시식
알아서 눈치껏 소리 죽인 기합에는 맥이 빠져 있기 마련

이다

  한번이라도 꽉 짜인 살과 살 사이의 틈에 제 몸을 끼워맞
추고

  누군가를 단숨에 관통해본 자들은 알리라

  나무는 저를 짜갠 도끼날에 향을 묻힌다

  도끼는 갈고 갈아도 지워지지 않는 목향을 그리워하며
기꺼이 흙이 된다

  뒤꿈치 굳은살 같은 날들 먼지 비듬이라도 날리면

  온몸이 근질거려 번쩍 공중으로 들어올려지고 싶은 도끼

탕자의 기도

나무는 종교가 없는데도 늘 기도를 드리고 있는 것 같다

나는 여러 종교를 가져보았지만
단 한번 기도다운 기도를 드린 적이 없다

풀잎은 풀잎인 채로, 구름은 구름인 채로,
바람은 바람인 채로 이미 자신이 되어 있는데
기도도 없이 기도가 되어 있는데

사람인 나는 내가 까마득하다
가도 가도 닿을 수 없는 타향살이다

제자리걸음으로 천만리를 가는 별이여
떠난 적도 없이 끝없이 떠나 자신에게로 돌아가는 바위여
누가 세상 가장 먼 여행지를 자기 자신이라고 했던가

명소란 명소는 다 돌아다녀봤지만
흔들리는 꽃 한송이 앞에도 당도한 적 없는 여행자

하여, 나는 다시 기도를 드리는 것이다
이 부끄러움이나마 잊지 않고 살게 해달라고

이생에 철들긴 일찌감치 글러먹었으니
애써 철들지 않는 자의 아픔이나마 잊지 않게 해달라고

김밥 한줄 들고 월드컵공원 가는 일

점심에 김밥 한줄 들고 월드컵공원에 나가 나무 그늘 아래 드는 일

나무 그늘 아래 앉아
가지와 가지 사이로 들어온
하늘이 나뭇잎 몇을 품고 설레는 걸
뜻 없이 지켜보는 일

옛날에 나는 저 이파리를 보고 아가미를 들었다 놓는 물고기를
떠올리는 버릇이 있었는데

끊은 지 근 일년 만에 근질근질 일어나는 수피처럼
시가 떠오를 것 같은 순간마저
그냥 내버려둔 채
하염없이 내버려둔 채

나뭇잎에 내 맘 한자락 올려놓고

불어오는 바람 따라 그저 무심히 흔들려보는 일

그런 일, 왜 항상 가장 먼 것은 여기에 있는지
닿을 수 없는 꿈들을 옆에 둔 채 아픈 것인지

아득하여라 김밥 한줄 들고 월드컵공원 가는 일

쇠똥구리별

쇠똥구리는 별빛으로 길을 찾는대
똥을 굴리면서도 별과 별 사이로 난 지도를 읽으며 집으
로 돌아간대

똥구덩이에 빠져 허우적거려봤지 몸에서 나는 악취에 진
절머리
똥이 될 밥을 따라 수모를 견뎌도 봤지
그때 귀갓길에 본 별 하나 기억하니
별 하나 점을 찍고 눈을 맞추는 게 한때 나의 명상법이
었지
사람의 눈은 마주 보지 못하고
별의 동자라도 봐야 살 것 같을 때 있었지

별에 점을 찍으면 나도 까무룩 한점이 되고
숨을 가지런히 한 채 서로의 눈을 들여다보는 것만으로도
희미한 빛 같은 것이 생겨서, 점과 점을 이으면
모스부호처럼 흩어진 남해 섬들 두고 온 파도소리도 들
려올 것 같았지

다시 돌아갈 수 없을지 모르지만, 참 신통도 하지
쇠똥구리는 별을 나침반으로 삼는대
요즘 소들은 다 농장 쇠울에 갇혀 사육된다는데
적막한 들판에서 양식은 어떻게 구하는지
쇠똥구리가 쇠똥을 굴릴 줄 알아야 이 행성도 회전을 멈
추지 않을 것 같은데
별과 별 사이로 난 길도 지워지지 않을 것 같은데

쇠똥구리 그 째그만 몸으로 끌어안은 똥이 실은 나의 별
이라
나도 굴리고 굴린다 내 몸에서 나는 악취에 코를 막고 지
나가는 사람들아

구두 속의 물고기

출판사 신간 보도자료 들고 광화문 신문사들 돌아다니다
나무 아래 구두 벗어놓고 잠시 땀을 식히는데
어디서 날아온 것인가 구두 속으로 들어간 나뭇잎이
그 옛날 강가에서 놀다 고무신 속에 품어온
각시붕어 같다 족두리를 닮은 지느러미가 흔들릴 때마다
먼 훗날 만날 각시를 생각하며 흐뭇해하던 아이가 있었다

각시야 각시야 쌀 장만하러 돌아다니다
늙어버린 구두를 용서하렴
결혼기념일도 잊고 생일도 잊고
너를 풀어놓을 우물마저 잊어버렸구나
우물에 대고 부르던 노래도 더는 들려줄 수 없구나

여울돌에 낀 이끼를 뜯어 먹더라도
나는 한때 그 강으로 돌아가고 싶었는데
등을 뚫는 아픔 없이 어찌 풍경이 될까
절집 처마 끝에 올라 풍경소리 들려줄 수 있을까
다독이며 다독이며 참으로 멀리도 흘러왔는데

나뭇잎은 땀에 전 바닥에 달라붙어 떨어지질 않는다
내 몸 어디에 아직 떠나온 강물소리 출렁이고 있을까만
그 옛날 영산강 배꼽다리 대숲 마을
고무신 속 각시붕어처럼
젖은 구두 벌어진 어항 속을 유영하고 있다

주먹밥

원수 하나 있어
주먹을 쥐네

불끈 쥔 밥으로
주먹을 품네

돼지껍데기 젖꼭지를 물고

합정동 돼지껍데기집
삼겹살 오겹살 살코기보다 맛난
껍데기구이집
노릇노릇 잘 익은 껍질 위의
젖꼭지를 본다
돼지는 죽어서도 젖을 물리는구나
제 젖꼭지 아프게 씹어대는 줄도 모르고
젖을 먹이는구나
하루 종일 상사 욕을 하다가
상사가 나타나면 헤헤헤 눈웃음 짓는 하루하루
내 속 다 내어주고 비루하게 발가벗긴
빈껍데기가 되어 찾아가는 집
불판 위에 양념을 발라 올려놓고
숯불 연기 속에 앗 뜨거,
몸을 뒤집으며
쫄깃쫄깃해진 이 비애의 맛
꿀꿀꿀 새끼들이 물고 늘어졌을 젖꼭지
불에 그을린 흔적을 내가 베어문다

네 숨소리를 훔쳐듣는다

담장을 허무는 대신 나는 담장을 수리하겠다
탱자 울타리 속에서 들려오는 새소리를 들어보아라
가시와 가시 사이에서 새들은 노래를 한다
심드렁해진 나와 너 사이엔 저런 경계라도 좀 있어야겠다
담쟁이넝쿨을 좋아하는 너를 위해서라도, 무엇보다
대로보단 골목길을 어슬렁이길 좋아하는 나의
소심한 산책을 위해서라도
맞댄 등을 절벽으로 삼아보면 어떨까
어린 날 새 학년이 되어 만난 여자 짝꿍 책상 위에 금을
그어놓고
실랑이를 벌이던 악동으로라도 돌아가볼까
결혼 십년째 여전히 곰팡내 나는 나를 신랑이라고 부르
는 아내여,
식장을 걷던 날의 두근거림을 간직하고 싶은 나의 신부여
기교는 슬프다 기교가 무너진 자리에 남는 고독을
똑바로 쳐다볼 수가 없어서
말을 섞고 몸을 섞고 숨결을 나누지만
너의 눈 속으로 들어간 지 너무도 오래되었구나

어쩌면 나는 네가 아닌 한에서만 겨우 너,

한밤에 아파트 벽을 타고 흘러내리는 누군가의 울음소리
처럼

뻣뻣한 금 앞까지 바짝 다가앉아 네 숨소리를 훔쳐듣는다

김수영 식으로 방을 바꾸는 아내

밤사이 집이 바뀌었다 구름이 창문을 열고 들어와
소나기라도 한됫박 퍼붓고 갔나
벽지로 틀어막은 못 자국들이 그 소리를 듣고 깨어나
속에 감춘 모래들을 쏟아내기라도 했나
자고 일어났더니 벽에 붙어 있던 소파가 베란다 창문 쪽
에 붙어 있고
서재에 있어야 할 책꽂이가 거실에 나와 있다
낡은 텔레비전은 분명 우리 집 것이 맞는데
누가 옮기다 말았는지 어정쩡하게 틀어져 있다
제길, 끊어진 필름 어디에선가 품고 잔 여자 생각에 퍼뜩
뒤를 돌아본다
아내가 아무 일도 없었다는 듯이 해장국을 끓이고 있다
손바닥에 못이 박혀 있는, 형광등 한번 달아준 적 없는 지
아비 대신
아내는 틈만 나면 화병을 바꾸고 가구의 질서를 재구성
한다
그로 하여 나는 제자리걸음으로 늘 이사를 다닌다
서방은 바꾸지 못하고 틈만 나면 가구를 바꾸는 아내

여보, 그래도 나는 그런 복은 있나봐

다른 여자들은 남편이 씻질 않아 죽을 맛이라고 그러는데

적어도 나는 그런 불평은 하지 않아도 되잖아

어쩌다 나 같은 것을 만나 많고 많은 복 중에 찾다 찾다
못 찾다

잘 씻는 남편 둔 걸 복으로 삼게 되었을까

마흔이 넘으면서 두려운 건 세상이 아니라 아내다

혁명은 안되고 방만 바꾸어버렸다*는

이 필사적인 삶의 기교가 나를 조금씩 압박한다

밤사이 나는 만취한 채 어느 시공을 건너왔단 말인가

* 김수영「그 방을 생각하며」에서.

폭포를 삼킨 모기

산정을 오른다
몸을 통과하는 공기가 바늘 끝으로 콕콕 가슴을 찔러댄다
저 어디에 나를 들어올렸다 철썩, 날카로운 낙차로 가슴
을 치는 폭포가 있다

폭포소리는 폭포소리를 삼킨다
삼킨 소리를 삼키며 점점점 드세지는 게 폭포다
마지막 소리마저 집어삼킨 뒤 남는 것은 침묵의 아찔한
높이,
그 높이는 차라리 절벽이다

절벽까지 나를 밀어붙인 뒤 너른 잎그늘의 고요를 찾아
왔으나
해발 일천 몇백 미터 가차이까지 들어올린 몸에서 여전
히 떨어지지 않는 것은
땀 냄새를 맡고 따라온 날벌레들과 휴대폰 벨소리, 찰싹
귓전을 때리는 한마리의 잉잉대는 모기다

주총자리에서의명예훼손관련마포서경제2팀으로출두바람

이번달생계가막막하다큰애등록금을내야하는데인세를좀당겨줄수없겠니

이밥버러지야네가뭔데내원고를반려해

명멸하는 문자메시지들

절벽을 감추는 게 폭포다

아니, 감춘 절벽이 드러내는 게 폭포다

아니 아니, 마빡 깨어지면서도 절벽을 쓰다듬는 게 폭포다

절벽은 바로 너 자신이었다는 듯 짝, 오랜만의 박수소리 사이로 빠져나가는

폭포를 삼킨 모기 한마리가 쩌렁쩌렁 산을 흔들고 있다

물속의 히말라야

결국 사표를 냈다 올챙이처럼 배만 나온다고 푸념을 하
던 그는
히말라야로 떠났다

올챙이는 서식 밀도를 유지하기 위해 서로를 뜯어 먹는
다고 했던가
울적한 마음에 그와 함께 찾던 근린공원 못물을 들여다
본다

이도 저도 못하고 가끔씩 회사 건물 옥상에 올라가 멀리
북한산 봉우리나 더듬고 내려오는 나여,
털썩 주저앉은 의자에 내어준 엉덩이를 기꺼이 뜯어 먹
고 있는 나여

붕어 한마리가 수면을 찢고 몸을 들어올렸다 철썩, 물낯
을 내려칠 때
그 낙차가, 히말라야 산정처럼 아찔한 것은 무엇 때문인가

공원 화장실 벽에 붙어 있던 장기밀매 전화번호를 수첩에 적어놓았다
　간도 쓸개도 없이 살아온 토생원의 말을 누가 믿어줄까 싶지만

　나는 오늘도 빚더미 회사를 위해 투자자를 찾아다녀야 한다
　별주부 명함을 들고 토생원을 만나러 가야 한다
　산인지 바다인지 모를 곳을 떠돌아다녀야 한다

　못물 속 기신거리는 올챙이 한마리를 날쌘 올챙이가 툭 치고 간다
　반응이 희미하자 바글바글 떼지어 나타난 무리들이 일제히 저희를 뜯어 먹기 시작한다

　맑은 못물에 하마터면 위안이라도 얻을 뻔했다
　쥐어뜯긴 얼굴로 숨죽인 물속의 히말라야
　해발을 삼킨 수면이 광기로 번득인다

사바나의 원숭이

1998년 외환위기 무렵이었지 취직은 되질 않고
결혼을 약속한 여자는 점점 멀어져가더니
소식을 아주 끊어버렸지
빈 주머니를 빈주먹으로 채우고
검불처럼 거리를 어슬렁거리던 날들
어쩌다 퇴락한 식물원 옆 사설 동물원엘 들렀지
외환위기는 동물원에도 몰아쳐서
반달곰 두엇은 새 주인을 기다리고 있었고,
지난밤 인도산 코끼리 한마리는 써커스로 팔려나갔다
했지
먹이마저 제때 줄 수가 없으니
어디 약장수에게라도 팔려갈 수 있다면,
사육사들도 하나둘씩 떠나고
피라도 팔아볼까 공중화장실
장기매매 스티커에 찍힌 전화번호를 떠올리다가
털갈이 진눈깨비 뿌리던 쇠울을 혼자서 빠져나오는데
못 볼 꼴을 본 듯 화락 얼굴을 붉히고 말았지
바람 속에서 부들부들 떨고 있는 원숭이 한마리

벌건 대낮에 태연히 자위를 하고 있었네
팔려간 짝이라도 생각나는지,
제 몸이라도 지펴 겨울을 건너가겠다는 것인지
치를 떨며 내 눈을 뚫어져라 들여다보던
그 겨울 그놈의 원숭이 눈빛이 영 잊히질 않네

꽃들이 우리를 체포하던 날

쌍용차 희생자 분향소가 있는 덕수궁 대한문 앞
식목일 새벽에 중구청이 분향소를 철거하더니
그 자리에 화단을 만들었다
사연도 모르고 마냥 해사하게 피어난 꽃들이라니
하긴, 방학 동안 철거용역 알바를 하고
학비를 마련하는 대학생들도 있다고 한다
졸업을 해도 취직은 되질 않고
대출받은 학자금 이자 갚느라 결혼도 미루면서
신용불량자로 전락한 학생을 나도 안다
그래도 그렇지 한창 푸를 나이에 철거용역이 뭔가
제 가난한 어미 같은 이의 집을 부수며 살아야 할 이유라
는 게 뭔가
외면하다가도, 벗어날 수 없는 처지와 그 발버둥을 헤아
리면
나는 함부로 돌멩일 던질 수가 없는데
아무래도 꽃의 죄까지 엄히 따져야 할 시대가 닥친 모양
이다
오죽했으면, 화단으로 들어가면 즉석에서 현행범으로 체

포한다는

　펜스를 치고 철야경비까지 서는 대한문 앞에서

전라도 하와이

나는 전라도 하와이다. 중학교 때 훔쳐본 아버지의 일기장
맨 첫장 첫줄은 이렇게 시작한다.
멀쩡한 성과 이름을 두고
고향을 떠나 멀리 부산 바다까지 흘러들어온 아버지를
사람들은 그렇게 불렀다.
어이, 전라도 하와이,
까까머리 소년에게 이 별명은 수수께끼였다.
태평양 어딘가에 있다는 섬이 어떻게 전라도와 이어지
는지
도무지 알 수가 없었는데, 아버지는 어느날 내 허락도 없이
아들의 본적을 바꾸어버렸다.
그때서야 비로소 섬이 천형이라는 것을 알게 되었던가.
느이 할아버지는 일제 때 탄광으로 징용을 갔어도
일본말을 할 줄 알아 편하게 살았단다,
전라도와 하와이 사이에서 아버지는 틈만 나면
영어 단어장을 끼고 살게 했다.
차라리 아들만이라도 하와이 쪽에 가까웠으면 하고.
전라도 하와이, 세상에 없는 섬

이 땅에만 있는 섬

아버지는 하와이였다.

아름다운 하와이 땅은 밟아보지도 못하고

평생을 전라도 하와이로 살다 가셨다.

가자지구 당나귀의 얼룩에 관하여

　이스라엘의 봉쇄정책으로 가자지구 동물원의 얼룩말 두 마리가 굶어 죽었습니다 자라는 아이들에게 얼룩말을 보여주긴 해야겠는데 봉쇄는 풀릴 기미가 없고 이를 어쩐다? 동물원 주인 모하메드 씨는 몇날 며칠 궁리 끝에 얼룩말과 비슷한 골격의 당나귀를 데려와 털을 깎았습니다 영문도 모르고 발가벗긴 당나귀의 몸에 그는 신중히 검은 페인트 줄무늬를 그려넣었지요 영락없는 얼룩말이 되었습니다 팔자에 없는 창씨개명을 한 이 당나귀가 가자지구 동물원의 인기를 독차지하고 있다고 합니다 당나귀로선 여간 자존심 상하는 일이 아닐 텐데, 시절이 하 수상하니 어쩔 수 없는 노릇입니다 애먼 당나귀 한마리마저 자신의 의지와는 무관하게 시대를 증명해야 하는 일이 이 지구상에서는 종종 일어납니다 웃어야 할지 울어야 할지 모를 일은 빗속에 줄무늬가 반쯤 지워진, 얼룩말인 것도 같고 아닌 것도 같은 낯선 동물이 무언가 께름칙해하는 표정의 아이들 앞에서 난감해하는 일도 일어나곤 한다는 것입니다 당나귀의 변신을 뻔히 알고 있으면서도 짐짓 속아 넘어가주는 아이들을 위해 그건 참 안된 일입니다 오늘도 줄무늬가 지워지는 일이

없도록 노심초사할 모하메드 씨와 묵묵히 치욕을 견디고
있는 당나귀가 얼룩말의 얼룩보다 더 얼룩이 진 얼굴로 하
루속히 봉쇄가 풀릴 날만 기다리고 있답니다

야구공 실밥은 왜 백팔개인가

　야구공은 실밥의 높낮이에 따라 회전력과 마찰력이 달라
진다
　산맥의 높낮이와 산림의 울울창창 밀도에 따라
　지구도 회전에 영향을 받는다는데
　가죽 위로 도드라져나온 실밥은 말하자면
　대륙과 대륙을 당겨 잇는 산맥 같은 것이다
　그러니 중요한 건 바느질, 모두 수작업을 한다
　지구의 백팔번뇌가 여기에 있다
　메이저리거 류현진의 공이 계산된 제구력에 따라 회전을
할 때
　아이티나 코스타리카의 어느 시골 마을
　일당벌이 바느질을 한 소년의 빈혈을 앓는 하늘도 따라
같이 돈다
　지문과 손금을 뽑아 바느질을 하는 소년들의 노역은
　지구의 자전만큼이나 실감이 나질 않는 이야기이지만
　한때 내게도 소년들 같은 이모가 있었다
　닭장 같은 지하 공장에서 철야에 철야
　어디로 수출되는지도 모를 옷감을 재봉질하던 소녀,

뛰는 노루발 속 바늘이 손가락을 꿰뚫었을 때

몸속에 돌돌 감긴 혈관이 실패임을 겨우 알았단다

싼 인건비를 찾아 필리핀이나 캄보디아로 떠난 공장들에서

파업 소식은 들려오고, 동남아도 예전 같지 않아 투덜투덜

출장을 다녀온 친구와 맥주를 마시며 야구중계를 보는 시간

엉덩이에 붙은 파리를 소가 꼬리로 냅다 후려치듯 딱!

공이 떠오르면, 나는 괜한 걱정을 한다

실밥이 풀어지면 어쩌나 하고

웬만한 충격에도 속이 터지지 않도록 야무지게 다문 야구공과 함께

지구의 백팔번뇌도 다 날아가버리면 어쩌나 하고

지렁이 성자

문규현 신부님이 새만금에서 서울까지 삼보일배를 하던 때의 일이랍니다

허리가 끊어지고 무르팍이 다 해져 한걸음도 더 옮겨 디딜 수 없을 것만 같은 시간이 곧 찾아왔습니다

신부님은 자벌레처럼 오체투지로 마지막 걸음을 옮겨 딛고 있었는데

땡볕에 녹아들어가는 아스팔트 바닥에 허리를 꺾는 순간

마침 녹슨 못처럼 바닥에 들러붙어 말라비틀어져가고 있는 지렁이가 눈에 들어왔습니다

생명이고 평화고 뭐고 중간에 그만두고 싶었던 순간이 어디 한두번이었을까요

저 지렁이처럼 나도 이 길 위에서 눈을 감을 수도 있겠구나

신부님은 벼랑 아래로 떨어지듯 지렁이를 향해 털썩 무릎을 꿇고 이마를 숙였습니다

그 순간, 그의 숙인 이마에 범벅으로 흐르던 땀방울 하나가 뚝 떨어졌는데

죽은 듯 꼼짝 않던 지렁이가 글쎄 깜짝 살아 꿈틀거리더

라는 것입니다

　남은 길은 내가 갈 테니 자네는 쉬었다 오시게, 온 마디마
디로 절을 하듯 기어가더라는 것입니다

　얼마나 낮고 또 낮아져야 우리는 비구름을 품은 하늘에
닿을 수 있을까요

　몸속의 땀방울을 빗방울로 바꿀 수 있을까요

　지렁이에 비하면 자신은 아직도 한참이나 멀고 멀었다는
신부님

유모차는 어떻게 정치적이 되었는가

몇년째 출생신고서에 먼지만 뽀얗게 쌓이고 있다는 면사무소를 지나가는 중입니다 사람 한마리 보이지 않는 황량한 거리에 마침 한 노인이 유모차를 순한 짐승처럼 몰고 가고 있습니다 유모차 안엔 빈 병과 폐지더미가 앉아 젖을 빨고 있구요 고행 수행자처럼 금방이라도 풀썩 무너져내릴 것 같은 몸으로 위태롭게 떠듬대는 그 걸음이 여간 조마조마한 게 아닙니다 대기 중에 떠돌다 어깨에 내려앉는 먼지 한점의 무게마저 느껴질 것 같은, 저 한없이 느리디느린 보행을 과연 누가 부축할까요 발목지뢰라도 묻힌 듯 숨 막히는 걸음걸음을 그저 참을성 있게 따라가는 유모차가 참 기특합니다 유모차는 짐수레도 되었다가 장바구니도 되었다가 물리치료용 보행기 바퀴도 되었다가 저 같은 엉뚱한 사람을 만나면 제 뜻과는 상관없이 시위 도구도 됩니다 (아, 저 묵묵한 가두행진이라니) 그것참, 유모차까지 시위를 한다는 건 아무리 생각해도 여간 쓸쓸한 일이 아닙니다만, 아기 울음소리 뚝 끊어진 방방곡곡 오늘도 유모차는 굴러가고 있습니다 구석에 처박혀 있던 유모차 젖 먹던 힘을 다해 굴러가고 있습니다

제2부

담양에서

아버지 뼈를 뿌린 강물이
어여 건너가라고
꽝꽝 얼어붙었습니다

그 옛날 젊으나 젊은
당신의 등에 업혀 건너던
냇물입니다

벚꽃 개화예상도를 보며

서귀포에 벚꽃이 피는 건 3월 17일,
어머니 사시는 부산 이기대 바다는
23일이다

이기대 언덕에서 수목장을 한 아버지의 벚나무도
예상대로라면 그날 피어날 것이다

바다를 건너오는 데 무려 일주일이나 걸리다니,
벚나무는 동력선이 아니라 옛날 방식대로
돛단배를 타고 오나보다

그 일주일 동안 어머니는 바다가 보이는 언덕 위에 올라
수평선을 바라보고 있겠지
이제나저제나 벚나무에 상륙할 꽃들을
기다리고 있겠지

세상에는 꽃의 속도로 잊어야 할 것들이 있어서,
꽃의 속도가 아니면 잊을 수 없는 것들이 있어서

어느 하루

백일홍 꽃망울에
눈을 주길 잘했다

담벼락 아래 스티로폼 상자 속
상추에 발걸음을 멈추고
허리를 숙인 일

어느 집 지붕에 앉은 고양이가 등허리를 쭉 펴며 하품을
하는데
그 하품이 구름처럼 둥둥 떠다니는 걸 상상한 일

길게 휘감기는 호스를 쥐고
가게 앞 인도에 물을 뿌리는
코끼리 슈퍼 주인과
날씨 인사를 나눈 일

잘했다 사소한 그 일들 모두
일 나간 어미 대신 창가에서

빨래를 개던 내 아비의 일이었으니

아침에 널었던 빨래가 포슬포슬하게 마르는 동안
빨래에서 떨어진 물방울이 흙을 뭉쳤다 푸는 동안

풀잎 지게

풀잎이 등을
꺼꾸러뜨렸다

학교에 불려온 아비의 등짝 같다
공손해 보이는 대신
더러는 비굴해 보이던 등

가늘디가는 등허리에 그냥 부릴 만도 하건만,
어떤 짐은 여울을 건널 때 중심을 잡아주기도 하더구나

평생 시장 지게꾼으로 살다 간 아비
뼈를 묻은 나무 밑동이다

숙이고 숙여,
땅바닥 아래까지 꺼져
마른 등짝을 뚫고 솟아오른 풀잎

아비가 새로

장만한 지게다
뚜두둑, 등뼈를 펴며
일어서고 있다

바람과 구름의 호적부

게을러터진 아버지는 내 출생신고를 이태나 미뤘다
나의 무정부는 거기서부터 출발한다
면사무소를 찾아가는 대신 나는 하늘과 땅에 출생신고를
했고
바람과 구름의 호적부에 먼저 이름을 올렸다
삼인산 너머로 지는 노을과
하늘을 아주 까맣게 물들이던 까마귀들이 나의
면서기였다 뜻한 바는 없었으나
어머니 등에 업혀 바라보던 꽃들, 별들
순간순간들이 나의 든든한 정부요, 국가였다면 어떨까
출생신고를 미룬 그 이태가 나의
평생이 될 줄은 아무도 몰랐을 것이다
게을러터진 아비의 아들답게
사망신고를 미루고 미루면서
나는 아버지의 유골가루를 품고 다닌다
반은 어머니 계시는 바닷가 언덕에 묻고
반은 삼인산에 뿌릴까 영산강에 뿌릴까
사십년 만에 찾은 고향의 느티나무에게 한줌,

학교에 가지 못해 훌쩍거리며 걷던 논두렁에게도 한줌
오매 저 냥반이 성식이 아닌가
엄니 대신 빨래 다니던 대추리댁 둘째 아닌가
수런거리는 대숲에게도 한줌
세월아 네월아 나도 한 이태쯤 이렇게 버텨볼까
지울 수 없는 바람과 구름의 호적부 속에서

마지막 목욕
죽음의 형식 1

외할머니 가시고 열흘 뒤에 아버지가 가셨다
상가에 모인 사람들에게 일일이 인사를 하고,
일곱살 무렵 강에서 수영을 하다 죽을 뻔한
아들을 구해준 마을 삼촌들께도 다시 한번
고마움을 표하는 걸 잊지 않으며
술잔을 들던 모습이 내겐 아버지의 마지막 모습이다
돌아가시기 전 아버지가 마지막으로 한 일은 목욕이란다
눈앞에 닥친 죽음을 맞기 위해 아버지는
살아서의 버릇대로 혼자서 욕실에 들어가
구석구석 이승의 때를 밀었다
그러고 나서 달력 뒷장에 정갈한 필체로
'잘 살고 간다, 화장 뿌려, 안녕.'
한마디를 남겼다 아버지가 죽음을 기다리던 그 시간
술꾼의 아들답게 나는 만취해 있었는데
제일 먼저 당도한 막냇사위 말로는
아버지 등에 박혀 있던 못이 풀렸다고 한다
평생 빠질 것 같지 않던 손바닥 못도 풀려 있었다고 한다
못도 산 자에게 박히는 것, 허리가 굽었던 사람도

죽으면 몸이 곧게 펴진다고 하더니
한평생 지게꾼으로 산 양반
아들도 해드리지 못한 안마를 죽음이 해드린 것인가
장례를 마치고 후줄근하게 땀에 전 몸을 씻다가,
멀어져가는 호흡을 놓치지 않고 귀성길 준비라도 하듯
혼자서 마지막 의식을 치르시던 아버지의 고독한 밤이
생각났다

명효릉
죽음의 형식 2

평생 끝없는 전쟁을 치르고 마침내 황제가 된 그는

사후의 도굴을 염려하여

무덤을 성으로 쌓기 시작했다

그의 마지막 적장은 죽음이었던 것이다

성을 쌓는 벽돌 하나라도 허술할 수 없도록

벽돌 하나하나마다 장인들의 실명을 기록했던 주도면밀은

공포가 역사를 밀어가는 힘임을 알게 한다

그 누구도 쉽게 능까지 오지 못하도록

몇겹으로 된 문을 만들고

문을 지나면 다시 문을 만들고

여긴가 싶은 곳에 또다시 문을 만들고

마지막 문 뒤에 마침내 그는 능을 만들었다

그의 능은 산이었다 아무도 찾을 수 없도록

이 산은 명태조의 무덤이다, 글귀만 남겨놓았다

산이 무덤이라면 산의 지세가 흘러내린

대지의 어디인들 무덤이 아닐까

무덤을 통해 그는 제국을 자신의 신체로 바꾸었다

황제의 지혜는 찬탄할 만한 것이지만

마지막까지도 평안할 수 없었던 자의 성은 견고한 만큼

불안하다

아직도 땅을 찌르는 도굴꾼의 쇠꼬챙이를

자신이 휘두른 칼끝처럼 두려워하며 떨고 있을

어디에 묻혀 있는지 알 수가 없다는 주원장의 명효릉

먼지로 목을 축이다
죽음의 형식 3

염소가 물동이 속에 뜬 파리 사체를
콧김으로 훌훌 불어가며 목을 축인다

급하게 마시다 체하지 말라고
동동거리는,
이 저녁은 먼지 한점도
유정하다

좌선
죽음의 형식 4

동물원 유리상자 속의 도마뱀이 한쪽을 향해 뚫어져라
정지해 있다
간절한 무언가를 궁리 중인 듯
유리벽을 두드려도 아무런 반응이 없다
도마뱀은 그 상태로 뿌옇게 허물이 일어난다
팽팽하던 거죽에 쪼글쪼글 주름이 잡힌다
피 한방울 묻어나지 않게
속살과 거죽 사이에 틈을 벌리는 시간
침이 꼴깍 넘어가는 눈앞의 먹이도
방해할 수 없는,

티베트 사람들은 헌 옷을 벗고
새 옷으로 갈아입을 때
잠시 드러났다 사라지는 알몸을
죽음이라고 부른다

술래의 노래
죽음의 형식 5

사라진 아이들을 찾아 마당 구석구석을 쑤시고 있었다
혼자라는 게 영 마땅치 않았지만
술래가 된 게 마냥 싫지만도 않아서,
평소에 거들떠도 보지 않던 장롱 속과 정지와 헛간을
찬찬히 뜯어보는 재미로 해가 지는 줄 몰랐다
마당귀에 핀 봉숭아와 꽃 속에 파묻힌 개미들,
구름 속에 숨은 낮달까지 꼭꼭 숨어라
그런 어느날 나는 보지 못할 것을 보고 말았다
병풍 뒤에 숨은 할아버지
관뚜껑 속을 들여다보고 말았다

아마도 그 이후부터인가보다
내 놀이는 여전히 끝이 나질 않아서
감쪽같이 사라져버린 사람들 머리카락
끝이라도 보일까
무심히 지나치던 풀잎도 다시 보고
마냥 심드렁해진 길섶도 두근두근
되짚어보곤 하는 것이다

오름의 무덤

제주 어느 오름이었는지 몰라
오름에 오르니 분화구 속에 무덤이 있는 거야
떼장이 반지르르한 무덤이
분화구 깊숙이서 솟아올라와 있는 거야
누가 물었지 왜 하필 여기에 무덤을 썼을까고
그러자 또 누가 답했지
저건,
음핵이라고
닿으면 중산간지대 오름들이 모두 부르르 떠는 초원을
보여준다고
일행은 가볍게 웃어넘겼지만
실은 나도 무덤을 쓸고 가는 바람 따라
솜털처럼 일어서는 초원으로 불어가고 싶었지
좀 망측하면 어때
풀꽃대를 희롱하는 바람 따라 가서
여인네들 손때에 묻어 반들거리는 통방울
돌하르방처럼 우뚝
서 있고만 싶었지

정선아리랑

아가 아가 강 건너에 사랑하는 임이 앓고 있는데
뱃사공이 몸을 허락해야만 건네준다는구나
비는 몰아치고 바람은 불고
너는 몸을 허락한 여인을 어찌하겠느냐

스물둘 청상 할머니의 질문에
그때 왜 저는 함부로 돌팔매를 던졌을까요
철없는 아이의 말에 당신은 또 왜 그리
쓸쓸해하셨을까요

날 가라네 날 가라네 날 가라 하네
삼베 질쌈을 못한다구야 날 가라 하네
어쩌면 한평생 노역을 시킨 삶이 그 뱃사공 아니었는지
야속한 비바람은 혼자서 건너온 세월 아니었는지

오늘은 할머니 시집가는 날
불가마 타고 강 건너 임에게로 가는 날
여든일곱 할머니 화장하는 거 처음 봐요

죽음만이 겨우 할머니가 신부였음을 알려주네요

묵은지 생각

당신을 묻고 난 뒤엔
독항아리 묻는 일도
산역이라면 산역이라서
땅에 묻은 김칫독 볼 때마다 한겨울
눈을 헤치고 묵은지를 꺼내던
할머니 생각납니다
할머니 찾던 절집에선
종 밑에 항아리를 묻고
종소리까지 익혀 먹는다 했지요
땅속 깊이깊이 울리는 종소리
먼저 가신 할아버지 무덤까지 갔다가
나무뿌리를 타고 잎잎이 돋아난다 했지요
가신 할머니 묵은지가
택배로 온 저녁
김장도 장례는 장례라서
이리 목이 메어오는 것인지
어린 날 곶감 빼먹듯,
도굴꾼처럼 열고 닫는 땅

두루두루 피가 잘 통한 묵은지 한점
밥에 올려 먹으면
이승도 저승도 얼마쯤은
피가 통해서
눈 덮인 독 속
잘 삭힌 몇포기 종소리처럼
속 창자까지 개운해질 것 같지요

풀이 마르다

강이 수척하니 풀도 여윈다

구월에서 시월로 넘어가는 풀엔
저녁볕을 받으며 서쪽으로 멀어져가는 강물 빛 같은 것
이 있다

몸속에 남은 물방울 몇이 그러컨 풀의 체취를 걸쭉하게
졸이는 시간

그건 얼마쯤은 떠나가는 자의 모습이다
떠나가는 저를 붙들고, 슬그머니 손목을 놓아주는 자의
마른 글썽임

어느 지방에선 수의를 먼옷이라고 한다
잴 수 없는 거리를 옷감으로 한 말

얼마쯤 저를 이미 저만치 데려다놓고
떠나온 곳을 이윽히 바라보는 자의 눈빛,

풀빛이 흐릿해지니 풀내가 짙어온다

구월에서 시월로 넘어가는 풀에선 까슬까슬
미리 장만한 수의 자락 스치는 소리도 들린다

대꽃

꽃을
참는다

다들 피우고 싶어 안달인 꽃을
아무 때나 팔아먹지 않는다

참고 있는 꽃이 꽃을 더 예민하게 한다면
피골이 상접한 저 금욕을 이해하리라

필생의 묵언정진 끝에 임종게 하나만 달랑 남긴 채
서서 입적에 드는 선승처럼 깡마른 대나무들

꽃이 피면 죽는 게 아니라
죽음까지가 꽃이다

억누른 꽃이 숲을 들어올리고 있다
생의 끝 간 데까지 뻗어올린 마디 위에서 팡 터져나오는
대꽃

극점

극점엔 동서남북이 없다
오직 마주한 방향만이 있을 뿐
눈 폭풍 몰아치는 극점이
극점에만 있을까
둘 데 없는 시선이
돋보기 속 빛처럼
골똘해지는 가로수
우듬지 끝
팔랑,
잎 하나 떨어진다
차들이 경적을 울려대는 도로변
매미 울음소리도 따갑게 이글거리는 정오
내가 한점으로 가장 단순해진
극점
거기선 네가
지워진 모든 방향이다

이해인 수녀님의 동백가지 꺾는 소리

어떤 꽃가지들은 부러질 때 속 시원하게 부러진다
가지를 꺾는 손이 미안하지 않게
미련을 두지 않고 한번에 절명한다
꺾는 손이나 꺾이는 가지나
고통을 가능한 한 가장 적게 받도록
아니, 기왕에 작심을 하였으면
부러지는 소리가 개운한 음악소리를 닮을 수 있도록
아무도 모르는 급소를 내어준다
광안리 성베네딕도 수녀원
65년부터 여기에 있었다고
얼마 전 영정사진을 찍어놓았다고
암투병 중인 수녀님이 선물로 동백가지를 끊는다
뚝, 아무런 망설임 없이
마치 오랜 동안을 기다리고 있었다는 듯
단번에 가지 꺾이는 소리,
세상 뜰 때 내 마지막 한마디도 저와 같았으면
비록 두려움에 떨다가도 어느 순간
지는 것도 보람인 양

가장 크고 부드러운 손아귀 속에서 뚝,
꽃보다 진한 가지 향을 뿜어낼 수 있었으면

살구나무 그림자가 바위를 미는 동안

구름이 산등성이를 밀고 지나갑니다
번지는 먹그늘에 산이 안색을 바꿉니다
오늘은 기다리는 일로만 하루를 온전히 탕진하기로 하였
습니다
그동안 저는 마당에 비질을 하고, 맑게 갠 귀퉁이에
살구나무 그늘이 밑동의 바위를 미는 걸 지켜보렵니다
나무가 밀다 만 바위귀에 툭,
모래알 떨어지는 소리도 들릴 것 같은 하루
술렁이는 그림자 따라 바위도 할 말이 많은 표정입니다
바위도 외로우면 금이 가고, 쩌억
저라도 쪼개 마주하고 싶은 것일까요
한때 저는 저 나무둥치에 그리운 이의 이름을 파 넣었지요
지금은 기억에도 없지만
지워지고 지워져서
한잎이 되고, 또 한잎이 되어 돋아나는 당신이 있습니다
이 오랜만의 기다림은 한눈을 잘 팔던 아이를 생각나게
합니다
저물녘 쿨럭이는 슬레이트 지붕 위에 우두커니 앉아 있

던 아이
　제가 평생을 기다리고 있는 건 저녁이 올 때까지 하염없이
　무엇을 기다리는 줄도 모르고 기다림 속에 빠져 있던
　그 외로운 아이인지도 모릅니다
　기다리는 일 하나만으로도 참 멀리 갔다 온 듯합니다
　이걸 영원이라고 불러도 좋을지요
　언젠가 저도 저 산등성이를 밀며 가는 구름을 따라 흘러
가겠습니다

저물녘의 왕오천축국전

　지상엔 수없이 왔으나 처음 당도한 여름 끝의 노을이 걸려 있습니다
　모래바람 날리는 저물녘 해변의 산보는 당신의 왕오천축국전
　내디딘 대지에 한발 한발 기도를 드리듯이 걷습니다
　불안하게 술렁이는 허공을 더듬거리면서 더디게 모아지는 발들,
　한참을 머물렀다 또 한걸음을 뗄 때
　그 숨 막히는 보행은 차라리 구도가 아닙니까
　반쪽 몸에 내린 빙하기가 반쪽 몸의 봄을 더 간절하게 합니다
　쇄빙선처럼 길을 트는 가쁜 한걸음 속에서
　몸의 밑바닥은 의식의 가장 높은 고원,
　불어가는 바람이 해저에서 막 융기하는 산맥의 바위처럼
　굽이치는 당신의 이마를 환하게 쓸고 갑니다
　단 몇 미터를 걷는 데 평생이 걸린다면
　몇 미터의 대륙이 품에 안은 수십억년을 가뿐히 뛰어넘는 것,

마비된 근육과 혈관 너머로 추방당한 복류천 맥박소리를
향해 걸어가는 것
　깨어진 모래 한알이 무릎걸음으로 해변을 동행할 때
　더듬거리는 걸음과 걸음 사이의 침묵이 제 유창한 보행
을 망설이게 합니다
　지상에 말랑한 첫발을 내딛는 아기의 경이처럼
　지팡이를 짚을 때마다 탁, 탁 터져나오는 탄성
　한번도 온 적 없는 여름 끝 저물녘의 왕오천축국전
　일만번의 여름을 살며 스스로 풍경이 된 이름이 파도에
잠기고 있습니다

검은 소금

소금도 타는구나
끄슬려, 잿빛이 되는구나

간장독 바닥에서 나왔다는
검은 소금을 본다

간장에 소금이 녹으면
항아리 바닥엔 침전물이 쌓이지

뼈가 녹아버려라 펄펄 끓는 품속을 파고들면서도
사라진 저를 놓치지 않고 똘똘 사리를 뭉치지

네게로 간다는 건 네 속으로 스며들어 나를 본다는 것,
너를 잊지 못하고 마침내 검은 소금이 된다는 것

속을 까맣게 태워버린 소금이
희미해진 저를 되찾도록 가만히 기다리는 시간

간장이 익는다 검은 소금
내 안으로 들어온다

수묵의 사랑

수묵은 번진다
너와 나를 이으며,
누군들 수묵의 생을 살고 싶지 않을까만
번짐에는 망설임이 있다
주저함이 있다
네가 곧 내가 될 수는
없는 법이니
경계를 넘어가면서도 수묵은
숫저운 성격, 물과 몸을 섞던
첫마음 그대로 저를 풀어헤치긴 하였으나
이대로 굳어질 순 없지
설렘을 잃어버릴 순 없지
부끄러움을 잃지 않고 희부연히 가릴 줄 아는,
그로부터 아득함이 생겼다면 어떨까
아주 와서도 여전히 오고 있는 빛깔,
한 몸이 되어서도 까마득
먹향을 품은 그대로 술렁이고 있는
수묵은 번진다 더듬

더듬 몇백년째 네게로
가고 있는 중이다

물로 쓰는 왕희지체

먹물인가 했더니 맹물이다
소흥 왕희지 사당 앞
노인이 길바닥에 논어 한구절을 옮겨놓고 있다
페트병에 꽂은 붓으로
한자 한자 그어내리는 획이
왕희지체 틀림없다
앞선 글자들이 지워지고 있는 걸
아는지 모르는지
노인은 그저 그어내리는 순간들에만
집중하고 있다
사라지는 것이 두려워 쓰는 글이 있다면
사라지지 않는 것이 두려워서 쓰는 글도 있구나
드러나는 순간부터 조금씩 지워져가는,
소멸을 통해서만 완성되는 글씨체
스치는 붓으로 바닥을 닦는다
쓰고 지워지길 골백번
붓을 밀걸레 삼아
땡볕에 달아오른 바닥의 열기를 식히며

날아오르는 왕희지체

입술

명옥헌 못에 숲이 비친다
숲은 제 그림자와 만나 도톰한
입술이 된다
떠가는 배 같고, 물고기 같고
산에 벚꽃 피면
일찍 뜬 달 같기도 한
아래와 위가 포개진 못 가장자리를
눈에 띄지 않게 달싹이고 있다 복화술사처럼

그 입술에 연지를 입히려고 배롱나무를 심었던가
꽃은 떨어져서 꾹 다문 입술에
주름을 만든다

제3부

꽃벼랑

벼랑을 쥐고 꽃이 피네
실은 벼랑이 품을 내어준 거라네

저 위에서 오늘도 누가 밥을 짓고 있나
칭얼대는 어린것을 업고
옥상 위에 깃발처럼 빨래를 내다 말리고 있나

구겨진 옷 주름을 몇번 더 구기면서,
착지 못한 나머지 발을 올려놓으려
틈을 노리는 출근버스 창밖

찡그리면서도 꽃은 피네
실은 찡그림마저도 피어나 꽃이라네

연탄경(經)

재에게도 뼈가 있다 입구로부터 오백 미터쯤 걸어가서
엘리베이터로 몇 킬로미터를 수직하강, 거기서 또
몇 킬로미터를 더 파고들어간 막장, 후끈거리는 지열과
비산먼지를 마시며 한생을 견딘 통뼈, 갱목은
함부로 달려드는 도끼날 이를 부러뜨리는 깡을 지녔다
생을 다했으니 풀썩 무너질 것 같지만
연탄이 광목의 깡을 모를 리 없다
연탄은 재가 되어서도 버틴다
허리가 부러져라 굴 천장을 받친 갱목처럼
숨결 드나들던 구멍들 꼭 보듬고 있다
다 타버린 연탄처럼 텅 빈 광원아파트
탄구멍보다 많은 골다공, 불면 꺼질 것 같은
노인이 겨우 부순 재와 흙을 골고루 섞는다
부서진 연탄이 기력이 쇠한 땅을 일으켜 세워준다고
꽉 막힌 흙과 흙 사이에 숨통을 뚫어준다고
화덕 구멍 확 열어놓고 매운 불 뿜아올리는 고추밭

책바느질 하는 여자

제본소 여자에게 책은 상처다
책바느질 하느라 입은 상처가 골무를 낀 손가락에 가득
하다

바느질 중에 하필이면 책바느질이라니
여자에게 책은 아물지 않고,
자꾸 덧나는 식으로 묶이는 어떤 생애를 닮았다

본드로 등을 처바른 책보단 한땀 한땀
기워가는 책에 더 마음이 간다는 여자,

실밥 자국은
맹장수술 자국이 남아 있던 옛 애인의 아랫배 같다
펼쳐보면 페이지 페이지
그 아랫배를 슬슬 문질러주며 부르던 노래가
흘러나올 것도 같은데

전에는 무슨 일을 했느냐 물으면 가만히 실밥을 감추며

책장을 덮는다

　세상 모든 책(册)은 모름지기
　이런 실밥 자국 같은 것이 있어야 한다는 듯

거미줄

어미 거미와 새끼 거미를 몇 킬로미터쯤 떨어뜨려놓고
새끼를 건드리면 움찔
어미의 몸이 경련을 일으킨다는 이야기,
보이지 않는 거미줄이 내게도 있어
수천 킬로미터 밖까지 무선으로 이어져 있어
한밤에 전화가 왔다
어디 아픈 데는 없느냐고,
꿈자리가 뒤숭숭하니 매사에 조신하며 살라고
지구를 반바퀴 돌고 와서도 끊어지지 않고 끈끈한 줄 하나

거위

낡은 툇마루 밟는 소리가 난다
ㅃㅣㄲㅓㄱ ㅃㅣㄲㅓㄱ
외로움이 기르는 짐승들은 다
예민한 데가 있어서
희미한 인기척을 알아듣고 화들짝 깃을 쳐댄다
뒤란 풀숲 그늘 아래 웅크린 채 잠들었다가도 대번에
눈을 뜨고 마는
이 집의 초인종은 거위, 종종종
진눈깨비 발뒤꿈치를 들고 문을 밀치면
ㅃㅣㄲㅓㄱ ㅃㅣㄲㅓㄱ
뼛속까지 찌르르 전기가 통한다

하늘 골목

성당의 종소리가 노을 속으로 퍼져나가면
빈 도시락통을 딸랑거리며 돌아오시던 어머니,
어린 누이들과 함께 기다리던 골목은
정이 많아서, 처마와 처마가 사이좋게 이마를 맞대고 있
었지
어린 우리들 시장기처럼 늘 허기가 져 있던 골목이지만
창문에서 뻗어나온 팔이 맞은편 팔을 향해 국수 그릇을
건네면
김이 식지 않도록 후루룩 하늘도 몇젓가락씩 받아먹던
골목
처마와 처마 사이로 길을 낸다는 건 좁은 창문으로 금방
부친 전을 주고받고
멀리서 온 짐 꾸러미를 대신 받아주기도 하면서
내 것이 아닌 체취도 조금씩 품고 살아보자는 것이었을까
다섯살 겁 많은 시골 아이를 받아준 문현동 옛집
상처투성이 보르크 벽과 벽 사이로 빨랫줄이 내걸리던
골목
더러는 아버지 코 고는 소리 때문에 창피하기도 하였지만

그래도 탁자를 사이에 두고 국수를 들기 위해 고개를 숙일 때,

이마가 부딪치지 않는 딱 그만큼씩 떼어놓는 사이는 있었으니

어쩌면 그 사이를 지키기 위해 집들은 들썩이는 슬레이트 지붕마다 돌을 얹어놓고

바닷바람에 단단히 뿌리를 내렸을까 어머니를 기다리는 동안

누이들과 나는 그 사잇길에 앉아 하늘을 우러르길 좋아하였다

넓기만 한 하늘도 이 가난한 마을에 이르러서는

처마와 처마 속에 끼어 좁장한 골목처럼 풀어져 구불거리곤 하였으니

골목 따라 오는 별을 헤아리듯 어머니를 기다리던 시간들

뚝방국수

대나무 가지에 국수 줄기를 널어 말린다
멸치육수 우리는 냄새에
강물도 둑을 넘을 때는 꼴깍
침 넘기는 소리를 내며 흐르는 뚝방
소쿠리 팔러 다니던 할미와
어린 손주아이가 부은 발을 어루만지며
기다리던 음식이다
먼 항구로 일 나간 내 아비와 어미가
두고 온 아이를 생각하며 먹던 국수
팔려가는 어미를 따라온 송아지
젖꼭지를 물고 울던 천변엔
그치지 않는 물소리가 있다
뚝, 막을 수 없는 설움까지 뚝딱
관방제림 그늘 긴 식도 따라 빨려들어간다
나뭇가지에 감긴 강물도 면발처럼 미끈하게
흘러내리는 뚝방국수

불국사 대웅전 마루에서

불국사 대웅전 마루는 한여름에 때를 많이 탄다
샌들을 벗고 들어온 사람들
맨발바닥에 묻혀온 티끌들이 나무 바닥에 묻어나선
까뭇한 윤을 내곤 한다
세상의 먼지들이 모여 빛을 내는 우물마루
이놈의 먼지들, 이놈의 먼지들
보살님은 틈나는 대로 걸레질을 하지만
걸레가 지나간 뒤의 물기를 타고
먼지는 나무 속으로 더 잘 스며든다
때가 타 반들거리는 바닥을 향해 이마를 수그릴 때
양옆으로 열어젖힌 문 너머 하늘빛도 따라 들어와
일렁이는 나뭇결 따라 파문 지는,
불국사 대웅전 마루는 한여름
세상에 떠돌던 먼지들을 품고
가장 높은 바닥이 된다

공연한 일들이 좀 있어야겠다

내게도 공연한 일들이 좀 있어야겠다
일정표에 정색을 하고 붉은색으로 표를 해놓은 일들 말고

가령, 태풍이 올라온다는 소식에 모종대를 손보는 노파
처럼
곧 헝클어지고 말 텃밭일망정
흙무더기를 뿌리 쪽으로 끌어다 다독거리는 일

장맛비 잠시 그친 뒤, 비가 오면 다시 어질러질 텐데
젖은 바닥에 붙어 잘 쓸리지도 않는 은행잎을 쓸어담느
라 비질을 하는 일

치우고 나면 쌓이고, 치우고 나면 쌓이는 눈에 굽은 허리
가 안쓰러워
어르신, 청소부에게 그냥 맡기세요 했더니
멀거니 쳐다보곤 하던 일을 마저 하던 그 고요한 눈빛
처럼

별 뜻도 없이 고집스레, 내 눈엔 공연한 일들에 노고를 아끼지 않는 사람들이 있으니

이상하지 않은가, 나는 이 쓸모없는 일들 앞에서 자꾸 부끄러워지는 것이다
세상에는 값지고 훌륭한 일도 많다지만

구르는 오디오

자전거 이름을
오디오라 지었다

오디오를 갖지 못한 서운함을
이름으로나마 달래어보자는 뜻이다

나의 오디오는 단칸방에 살던 어머니의 대형 거울과 같
은 것,
거울 속으로나마 방을 터놓고 사는 자의 지혜를 누가 남
루라 할 것인가

남루라면 그건 좀 향긋해서,
향긋한 만큼 아릿하기도 하여서

벼르고 벼르던 오디오 대신
출퇴근용 자전거를 장만한 이후부터다

나의 음악은 모래알 구르는 소리 속에도 있어

온몸을 귀처럼 말아 구부리게 한다

내 가난한 아비의 잔등처럼 드러누운 땅의 굴곡을 따라
풀어져나오는 악보,
한강 어딘가에서는 아직 쓱싹쓱싹 강을 써는 모래톱 연
주가 있으니

톱니를 드러낸 낙엽에게도 체인을 감아
나이테 트랙을 따라 달릴 날이 곧 오리라

꽉 막힌 자유로 옆 풀숲 너머 새들을 쏘아올리며
오늘도 돌아가는 나의 턴테이블

자전거 바퀴에 바람 넣기

겨우내 타지 않던 자전거에 먼지가 뿌옇다 마흔 넘은 내 엉덩이처럼 맥없이 축 처진 타이어, 비루먹은 짐승 같다

구석에 처박아놓았던 펌프를 젖 물리듯 타이어 꼭지에 꽂는다 창밖에선 나무들이 한창 땅거죽 속에 봄바람을 집어넣고 있다 땅거죽 속 씨앗들 들쑤시며 언덕을 부풀리고 있다

손등 위로 도드라져나온 힘줄들이 나무줄기처럼 바람을 타고 타이어 속으로 들어간다 아래로 아래로 바람을 불어넣으면서 돋아나는 푸른 잎들, 터져나오는 살갗들

나는 기억한다 타이어 바퀴에 착 감기던 땅의 굴곡을, 꿈틀거리던 말잔등처럼 숨결을 따라 오르내리던 리듬을

그 리듬을 어깨 위에 싣기 위해선 적당히 바람을 뺄 줄 아는 것도 내 쓸쓸한 나이가 가르쳐준 기술이다 너무 빵빵하면 엉덩이가 아파오므로, 길바닥과 나 사이에 부질없는 긴장을 불러오기도 하므로

땅과 바퀴 사이에, 그리고 바퀴와 나 사이에 가장 알맞은 쿠션을 위해서는 부푸는 어느 지점에서 펌프질을 그만 멈추어야 한다

짓눌려 있던 타이어 거죽이 툭툭 꺾은 무릎을 펴고 일어
선다 발굽이 땅을 짚는가 싶더니 장딴지에 제법 힘이 실리
면서 시무룩하게 내려앉아 있던 안장이 올라가는 그때,
　　안장 위의 하늘도 덩달아 들어올려졌다

조팝나무 위의 참새

참새들이 조팝나무
가지에 앉았다

조팝나무는 버틸 만도 한데
허리를 수그린다

기왕에 이리 되었으니
땅내나 맡아보자고
수그린 허리를 아예 휘청,
한다

참새들은 조팝나무에 앉기를 좋아한다
꾸욱 뭔가를 누를 수 있다는 느낌이 뿌듯하다
제 무게에 휠 줄 아는 나무가 딴은 고맙기도 하다

조팝나무에 있으면 참새도
무게라는 걸 갖게 된다

100

차심

차심이라는 말 있지
찻잔을 닦지 않아 물이끼가 끼었나 했더니
차심으로 찻잔을 길들이는 거라 했지
가마 속에서 흙과 유약이 다툴 때 그릇에 잔금이 생겨요
뜨거운 찻물이 금 속을 파고들어가
그릇 색이 점점 바뀌는 겁니다
차심 박힌 그릇의 금은 병균도 막아주고
그릇을 더 단단하게 조여준다고……
불가마 속의 고통을 다스리는 차심,
그게 차의 마음이라는 말처럼 들렸지
수백년 동안 대를 이은 잔에선
차심만 우려도 차맛이 난다는데
갈라진 너와 나 사이에도 그런 빛깔을 우릴 수 있다면
아픈 금 속으로 찻물을 내리면서
금마저 몸의 일부인 양

손바닥을 파다

꽃에 물을 줘야 하는데 물통이 없다
접시꽃이라도 꺾어볼까 하다가
두 손을 모아보기로 한다
손가락 사이 틈을 오므리니
통꽃처럼
손바닥이 깊어진다
더는 낮아질 수 없을 것 같던 바닥이
움푹하게 팬다
그 속에 못물을 퍼 담으니
못물 속 담겨 있던 구름과
낮달이 송사리처럼 들어온다
금이 간 항아리의 새는 물을 막으려
내가 틈을 바짝 조이면,
물은 또 틈을 벌려
새기만 한다
나는 물 한방울 앞에서 모처럼 공손해져
연못 앞에서 자꾸 허리를 숙인다
이렇게 한모금의 물을 들고 가다보면

쥐는 것이 아니라 벌어지는 것이,
너무 벌어지기보단 살짝 오므려지는 것이
꽃에게로 가는 길인 걸 알겠다
우물을 파듯 손바닥을 판다
둑을 넘칠 듯 찰랑거리는 물

빗방울화석

처마 끝에 비를 걸어놓고
해종일 빗방울 떨어지는 소리나 듣고 싶다
밀린 일 저만치 밀어놓고, 몇년 동안 미워했던 사람 일도
다 잊고,
토요일 일요일도 없이 쫓아다니던
밥벌이 강의도 잊고
빗방울 소리를 듣는 건
오래전 애인의 구두 굽이
길바닥에 부딪는 소리를 듣는 일
가난한 골목길을 따라 퉁퉁 부은 다리로 귀가하는 밤길
긴 통화를 하며
길바닥에 부딪는 똑똑똑 소리를
내 방문 노크 소리처럼 받는 일
툇마루에 앉아서 떨어지는 빗방울을 헤아리다가
나는 묵은 편지를 마저 읽으리라
빗방울 받아먹는 귀만큼
귀 깊숙이만큼
꼭 그만큼은 아니더라도

또르르 굴러가던 방울이 쏘옥 들어가 박히던

움푹 팬 자리,

그런 자리 하나쯤 만들어놓고

물수제비 잘 뜨는 법

1

물결의 미끄러움에 볼을 부볐다 뗄 줄 알아야 한다

그런 미끈한 돌을 찾아 한나절쯤을 순전히

길바닥만 보고 돌아다녀본 적이 있는가

무엇보다 손바닥에 폭 감싸인 돌을 만지작만지작

체온과 맥박소리를 돌에게 고스란히 전달해본 적이 있

는가

돌을 쥘 땐 꽃잎을 감싸쥐듯, 돌을 날릴 땐

나뭇가지가 꽃잎을 놓아주듯

미련을 두지 않아야 한다

바람 한점 없는데 나뭇가지가 툭, 자신을 흔들 때의 느낌

으로

손목 스냅을 사용할 줄 안다는 것, 그건

이별의 끝에서 돌과 함께 날아갈 채비가 되어 있다는 거다

스침에도 몰입이 있어, 딱

성냥을 긋듯이

단번에 한점을 향해 화락

타들어가는 정신,

   2
　그러나 처음 물에 닿은 돌을 튕겨올린 건 내가 아니라 수
면이다 나의 일은 수면을 깨우는 것으로 족하다 그다음 돌
을 튕겨올리는 건 물결들이 알아서 할 일, 앞물결의 설렘이
뒷물결까지 이어지도록 그냥 내버려둘 일

　똑똑똑, 가능한 한 긴 노크 속에
　나른하게 퍼져 있던 수면을 바짝 잡아당기면서

몸

몸이 몸 밖으로 흘러넘쳐 퍼질 때가 있다

몸과 몸을 둘러싼 주위에 실핏줄이 이어져

풀잎 하나 쭈뼛대는 것이 마치

가슴팍 털을 누가 잡아당기듯

찌르르 간지러운 통증이 올 때가 있다

새들은 가령 저만치 떨어져서도 신경이 몸 밖으로 뻗어나와

내 하는 수작을 다 읽고 있는 것이 틀림없다

페인트 모션으로 짐짓 딴청을 부리며

저희들 일거수일투족을 캡처하고 있다는 걸 빤히 알고 있음이 틀림없다

그러기에 다가오면 다가온 만큼 거리를 벌리는 것이다

여기까지가 내 몸이다, 영토다, 자꾸 침범하지 마라

왜 너희 사람들도 벤치에 앉아 혼자 해바라기를 하는데

누가 옆에 와 앉으면 방해당한 느낌이 들지 않느냐

그렇게 내외를 하고 드는 것이다 또 이런 일도 있다

외할머니 집 마당에서 땅따먹기를 하고 놀다가

금을 긋던 낫을 마당에 푹 꽂았더니

아이고, 저눔이 할머니 등에다 낫을 꽂는구나

불호령을 내린 적이 있다

할머니가 노망이 드셨나, 마당이 어찌 할머니 등이란 말
인가

그 시퍼런 서슬이 참말 뚱딴지만 같았는데

텅 빈 외가 마당귀 덥수룩이 잡풀이 오른 텃밭에

오줌을 누다가 알았다 허구한 날 등에

오줌을 지리고 컸다던 외손주를

그 옛날처럼 여전히 업고 있는 당신

몸 밖이 떠난 몸까지 실핏줄을 잇고 있는 것이었다

한켤레의 대지

발에 꽉 끼는 신발은 감옥 같아, 뒤꿈치를 꾸겨 신었다
사람들 눈엔 그게 좀 불량하게 보였을라나
나는 발이 푹 파묻은 나무뿌리를 닮길 원했다
뿌리는 땅속에서도 자라니까,
꺼 신은 대지가 비좁다고 땅 밖으로 삐져나오기도 하니까
나무들이 발구락을 꼼지락거리면
발등 위로 제기처럼 톡 톡 튀어오르는 새들과
엉덩이를 실룩거리는 바위들,
저녁이면 바짝 당겨졌던 길은 끈을 따라 느슨하게 풀어
지고
부은 발을 감싸던 가죽 위엔 흙먼지가 앉겠지
아마도 곤한 여정 끝에 흘린 땀이 풀썩이는 먼지들을
젖은 가죽 속으로 데리고 들어가 까맣게 뭉친 빛을 내
겠지
그 빛 속으로 태양과 바람과 비구름이 스며들어서
내 맞춤형 신발이란 마침내 한켤레의 크고 헐렁한 대지,
그리하여 나는 소금쟁이처럼 연못도 강물도 신어보고
떠가는 목선을 신고 수평선을 넘어도 보리라

이백육십 밀리 작은 발에 천리포 만리포 해변도 신어보
리라

　그마저도 제 문수에 맞지 않는다는 듯

　땅거죽을 뚫고 올라와 발꿈치를 내민 나무들처럼

　여전히 신발 뒤축을 꾸겨 신는 버릇을 버리질 못하고

맥낚시

물의 맥박을 짚는 게 맥낚시다 한의처럼 맥박을 읽기 위해 맥낚시꾼은 가능한 한 모든 장식을 버린다 찌를 쓰지 않고 릴도 없다 찌가 없으니 수중의 사정을 알 수 없고, 릴이 없으니 길게 날아가지도 못한다 제약과 불편이야말로 그들이 물의 속내를 놓치지 않게 하는 힘이다 오직 줄과 대와 바늘만으로 단순해질 것, 초릿대 끝에 벼린 신경을 모을 것

어찌 보면 퇴영이라 하겠으나, 최고의 손맛은
생략에서 온다

수평선

무현금이란 저런 것이다
두 눈에 똑똑히 보이지만
다가서면 없다, 없는
줄이 퉁 퉁
파도소리를 낸다
시퍼런 저 한줄
양쪽에서 짱짱하게 당겨진
밤이면 집어등이 꼬마전구들처럼 켜져
찌릿찌릿
전기가 흐르는
저 한 줄, 바다 한가운데 드니
구부러져 둥근
원이 되었다
아득하게 트인 감옥이 되었다
배가 바다의 배에 배를 얹고
젖을 빨다 까무룩
잠이 든다

울지 않으려 부르는 노래

박준

1. 작고 흔한 일

구름이 바위산의 찬 이마를 덮듯 요즘 나는 손으로 이마를 자주 짚어본다. 더러 미열이 나는 날도 있다. 한가지 재미있는 것은 이마에 손을 얹을 때의 촉감은 손바닥보다 이마에서 더 강하게 느껴진다는 것이다. 지금이라도 손으로 신체의 다른 부위를 만져보면 알 수 있다. 손으로 코를 만질 때와 어깨를 잡을 때 혹은 무릎을 비빌 때의 촉감은 대부분 손이 더 많이 갖는 것과 달리, 이마를 짚을 때만큼은 손이 그 감각을 양보하는 듯하다.

아마 이것은 오래된 습관이 만들어냈을 터이다. 대부분 우리의 이마를 짚어오는 손은 자신의 것이 아니라 타인의 손인 경우가 더 많았기 때문이고, 거꾸로 나의 손이 이마를 짚을 때 그 이마는 나의 것이 아니라 애정을 느끼는 상대의 몸인 경우가 더 많았기 때문이다.

무슨 큰 발견이라도 되는 양 이야기하고는 있지만 사실 이것은 한없이 사소한 일이다. 그렇지만 요즘 들어 이렇게 무심히 넘길 수도 있는 작고 흔한 일들이 좋다. 가을이 가고 겨울이 오는 일, 바람에 코끝이 아려오는 일, 창을 열어 밤새 쌓인 눈의 빛을 구경하는 일, 미지근한 물에 언 발을 담그는 일, 고맙다거나 미안하다는 말을 하는 일, 새봄을 기다리는 일…… 우리와 함께하는 작은 일들은 일일이 나열할 수 없을 만큼 많다.

시를 읽는 것도 내게는 작은 일 중의 하나다. 그래서인지 '시가 무엇이 될 수 있느냐?'라고 묻는 사람을 좋아하지 않는다. 시로 무엇을 하겠다는 사람도, 자신이 시인임을 자각하는 데 그치지 않고 시인으로서의 외연(外緣)만을 넓히며 사는 이 또한 그리 좋아하지 않는다.

세상 무서운 줄 알고 사는 사람이 좋다. '마음에 안 들어도 어쩌면 이렇게 마음에 안 들 수 있을까?' 하고 자신을 탓하는 사람이 좋다. 목소리가 작고 타인의 감정에 도통 개입하지 않으며 사소한 일에도 불필요할 정도로 마음을 쓰는 이도 좋아한다. 그가 만약 시를 쓰는 사람이라면 시로 할 수 없는 일들로 자주 좌절하며, 자기합리화와 도피 끝에 자신의 오래된 고통을 직면하고는 다시 문장 하나를 겨우 건

져내는 이가 좋다.

내가 아는 손택수 시인의 모습은 이와 크게 다르지 않다. "쓸모없는 일들 앞에서 자꾸 부끄러워"(「공연한 일들이 좀 있어야겠다」)하는 그의 모습을 좋아한다. 그의 시를 좋게 읽을 때 나는 "고통을 과장할 능력이 없다면 우리는 고통을 견디지 못한다"라는 에밀 씨오랑의 문장을 곧잘 생각한다. 그리고 그의 등단작을 떠올린다. 사람의 눈으로 볼 수 있는 햇빛의 스펙트럼보다 더 너른 빛이 담겨 있던 시.

연탄이 떨어진 방, 원고지 붉은 빈칸 속에 긴긴 편지를 쓰고 있었다 살아서 무덤에 들듯 이불 돌돌 아랫도리에 손을 데우며, 창문 너머 금 간 하늘 아래 언덕 위의 붉은 벽돌집, 전학 온 여자아이가 피아노를 치고

보, 고, 싶, 다, 보, 고, 싶, 다 눈이 내리던 날들

벽돌 붉은 벽에 등을 기대고 싶었다 불의 뿌리에 닿고 싶은 하루하루 햇빛이 묻어놓고 간 온기라도 여직 남아 있다는 듯 눈사람이 되어, 눈사람이 되어 만질 수 있는 희망이란 벽돌 속에 꿈을 수혈(輸血)하는 일

만져도 녹지 않는, 꺼지지 않는 불을

새벽이 오도록 빈 벽돌 속에 시(詩)를 점화하며, 수신자 불명의 편지만 켜켜이 쌓여가던 세월, 그 아이는 떠나고 벽돌집도 이내 허물어지고 말았지만 가슴속 노을 한 채 지워지지 않는다 내 구워낸 불들 싸늘히 잠들고 비록 힘없이 깨어지곤 하였지만

눈 내리는 황금빛 둥지 속으로 새 한마리 하염없이 날아가고 있다
— 「언덕 위의 붉은 벽돌집」 전문 (1998년 한국일보 신춘문예)

많은 이들의 주목을 받은 등단작을 세권의 시집 어디에도 수록하지 않은 이유는 알 수 없다. 다만 "새벽이 오도록 빈 벽돌 속에 시를 점화"한다는 구절에서 아직 삶에 다듬어지지 않은 청년 시절의 그를 떠올릴 뿐이다. 전남 담양의 시골 마을 강쟁리에서 태어나 부산 변두리 동네에서 유년을 보낸 그가 왜 시를 쓰게 되었는지도 나는 모른다. 하지만 '담양'과 '조부모'가 많이 등장하는 첫시집 『호랑이 발자국』(2003), '부산'과 '부모'의 『목련 전차』(2006), 그리고 '도시'와 '연애'가 많이 엿보이는 『나무의 수사학』(2010)을 거쳐 읽으며 시라도 쓰지 않았더라면 버티지 못했을 그의 곡절 많은 삶의 장면들을 짐짓 넘겨다볼 수는 있다.

2. 시인과 노동

인간이 그리 유용하지 않다는 것이 증명될 때, 인간에게서 인간다움을 빼앗음으로써 한 인간이 다른 인간과 크게 구별되지 않을 때 전체주의라는 악령이 출몰하는 것이라고, 나는 그렇게 한나 아렌트의 사유들을 이해했다. 생각해보면 인간이 떠올린 모든 유형의 유토피아는 인간이 그리 큰 생산적인 역할을 하지 않음으로써 존재한다.

불행하게도 근대 이후 인간의 노동은 폭발적으로 늘어났다. 노예와 일부 하위층의 전유물인 노동은 곧 시민들의 공적 영역으로 번졌고, 관념적이기는 하나 꽤나 신성한 가치로 여겨지기도 했다. 하지만 현대사회의 노동은 인간의 자율성을 앗아갔다. 노동은 세계를 구성하는 것이 아니라 세계를 소비하기 위해 존재한다.

노동이 하위층에서 번져나간 것이라면 시는 상위층에서 공적 영역으로 전해진 거의 유일한 것으로 여겨진다. 예술의 다른 장르들을 살펴보아도 시만큼 빠르고 넓게 대중들의 품에 안긴 것도 없다.

시인들이 구성하는 세계는 간혹 소비되지만 소진되지는 않는다. 이제 자본의 체제 내에서 누구를 고용하지도 않고 스스로 고용되지도 않는 존재는 시인만이 유일하다. 하지만 시를 쓰기 위해서는 노동을 해야 한다는 것, 노동자가 곧 시인이라는 것, 다시 말해 체제 내의 노동자가 체제 밖의 시를 써야 한다는 것에서 문제가 발생한다.

손택수의 시를 이야기하기 전에 그의 노동을 먼저 이야기하고 싶어 조금 난삽한 길을 돌아왔다. 2006년 겨울 그를 처음 보았을 때 나는 작은 잡지사에서 일했고 그는 한 출판사의 '실장'이라는 직함을 갖고 있었다. 당시 나는 그의 옆자리에서 일하는 다른 문인을 인터뷰하러 간 참이었는데, 무슨 중요한 일이 있는 날이었는지 그는 광택이 나는 정장을 말쑥하게 차려입고 있었다. 첫시집에서 사진으로 보았던, 코밑수염 고운 '청년 손택수'와는 사뭇 다른 모습이었다.

스무살 무렵 부산의 안마시술소에서 현관 보이로, 손님들 구두닦이로 밥 먹고 살던 시절, 손님이 뜸한 새벽 시간이면 부산 각지에서 전화를 걸어온 맹인 안마사들에게 책을 읽어주고, 낮에는 늦깎이 학생으로 밤에는 학교 수위를 보며 시를 적었다던 일화들보다는 그가 입고 있던 양복의 태깔이 왠지 내 눈에는 더욱 궁핍해 보였다.

이후 가까이에서 지켜본 그의 모습은 더 처절했다. 다른 출판사로 이직을 한 그가 '기획실장' '편집주간'에 이어 '대표이사'라는 그럴듯한 직함을 갖고 있을 때 나는 그와 같은 회사에서 막내 직원으로 일했다. 내 눈앞에는 '시인 손택수'가 없었다. 대신 노동에 찌든 '생활인 손택수'를 자주 목

격했다. 그는 토요일 일요일도 없이 밥벌이 강의를 쫓아다니고(「빗방울 화석」), 살림이 어려운 회사를 위해 투자자를 찾아다니느라 동분서주하고(「물속의 히말라야」), 심지어는 원고가 반려된 필자로부터 '밥버러지' 소리까지 들어가며(「폭포를 삼킨 모기」) 일했다. 그때쯤 그는 불면증과 위장질환 등에 극렬하게 시달렸던 것 같다. 시인과 노동자 사이에서 완벽히 고립된 것처럼 보였는데 누가 보아도 그 모습이 무척이나 외로워 보였을 것이다.

고립무원의 상태에서 그는 가끔 '시인 같은' 소리를 했다. 나이를 먹으니 수피(樹皮)가 아름다워 보이고, "무심히 지나치던 풀잎도 다시 보"(「술래의 노래」)게 된다거나, "새만금에서 서울까지 삼보일배를 하던" 문규현 신부의 땀방울에 "녹슨 못처럼" 길바닥에 말라붙어 있던 지렁이가 "깜짝 살아 꿈틀거"(「지렁이 성자」)렸다거나, "어미 거미와 새끼 거미를 몇 킬로미터쯤 떨어뜨려놓고/새끼를 건드리면 움찔/어미의 몸이 경련을 일으킨다는 이야기"(「거미줄」)같이 생뚱맞은 소리들이었다. 내가 망원동의 막걸릿집에서 식은 파전을 찢어가며 애써 모른 척했던 그 말들이 이번 시집 『떠도는 먼지들이 빛난다』에 다 들어 있다. 삶을 끙끙 앓으며 뱉은 그의 기침 혹은 신음 같은 것들.

구름이 산등성이를 밀고 지나갑니다

번지는 먹그늘에 산이 안색을 바꿉니다

오늘은 기다리는 일로만 하루를 온전히 탕진하기로 하였습니다

그동안 저는 마당에 비질을 하고, 맑게 갠 귀퉁이에

살구나무 그늘이 밑동의 바위를 미는 걸 지켜보렵니다

나무가 밀다 만 바위귀에 툭,

모래알 떨어지는 소리도 들릴 것 같은 하루

술렁이는 그림자 따라 바위도 할 말이 많은 표정입니다

바위도 외로우면 금이 가고, 쩌억

저라도 쪼개 마주하고 싶은 것일까요

한때 저는 저 나무둥치에 그리운 이의 이름을 파 넣었지요

지금은 기억에도 없지만

지워지고 지워져서

한잎이 되고, 또 한잎이 되어 돋아나는 당신이 있습니다

이 오랜만의 기다림은 한눈을 잘 팔던 아이를 생각나게 합니다

저물녘 쿨럭이는 슬레이트 지붕 위에 우두커니 앉아 있던 아이

제가 평생을 기다리고 있는 건 저녁이 올 때까지 하염없이

무엇을 기다리는 줄도 모르고 기다림 속에 빠져 있던

그 외로운 아이인지도 모릅니다

　기다리는 일 하나만으로도 참 멀리 갔다 온 듯합니다

　이걸 영원이라고 불러도 좋을지요

　언젠가 저도 저 산등성이를 밀며 가는 구름을 따라 흘
러가겠습니다

―「살구나무 그림자가 바위를 미는 동안」 전문

　여전히 낮고 유한 그의 앓는 소리가 반갑다. 서두에서 이
야기했듯 나는 시로 무엇을 바꾸겠다는 이에게는 동의할
수 없지만 도통 바뀌지 않는 세상 앞에서 열병을 앓지 않는
시인은 인정하고 싶지도 않다.

　이것은 마치 우리 몸의 이치와 비슷한 것이라고 믿는다.
현대의학으로 풀지 못하는 난제 중의 하나는 인간이 스스
로 갖고 있는 면역체계이다. 익히 알고 있듯 우리 몸은 바
이러스나 세균, 진균 같은 이물질을 식별해 면역반응을 보
인다. 그리고 이 면역체계에는 '자기관용'이라는 역할이 있
다. 시민이 정상적으로 운영되는 자국의 군대나 경찰에 화
염병을 던지지 않듯 일반적인 면역체계는 자신이 속한 조
직을 공격하지 않는다. 하지만 면역이 체계에 이상을 느끼
면 자신이 속한 조직을 무너뜨릴 만한 과민반응을 보인다.
꽃가루처럼 큰 해가 되지 않는 물질이 체내에 들어왔을 때
에도 비염 같은 알레르기 반응을 보이는 것이 대표적인 예

이다. 내가 속한 체계, 그것이 우리 몸의 문제를 넘어 우리가 속한 세계에 관한 것이라면, 나는 끊임없이 의심하고 질문하며 다른 이들이 대수롭지 않게 여기는 문제들에도 끙끙 앓는 이들을 한없이 긍정하고 싶다.

3. 꽃의 속도

서귀포에 벚꽃이 피는 건 3월 17일,
어머니 사시는 부산 이기대 바다는
23일이다

이기대 언덕에서 수목장을 한 아버지의 벚나무도
예상대로라면 그날 피어날 것이다

바다를 건너오는 데 무려 일주일이나 걸리다니,
벚나무는 동력선이 아니라 옛날 방식대로
돛단배를 타고 오나보다

그 일주일 동안 어머니는 바다가 보이는 언덕 위에 올라
수평선을 바라보고 있겠지
이제나저제나 벚나무에 상륙할 꽃들을

기다리고 있겠지

세상에는 꽃의 속도로 잊어야 할 것들이 있어서,
꽃의 속도가 아니면 잊을 수 없는 것들이 있어서
—「벚꽃 개화예상도를 보며」 전문

지역별 개화 시기로 계산한 꽃의 속도는 시속 1.2킬로미터 정도이다. 제주에 벚꽃이 피고 보름 정도가 지나면 내가 살고 있는 서울 동네에도 벚꽃이 핀다, 제주와 서울은 직선거리로 430킬로미터 정도 떨어져 있으니 봄은 시속 약 1.2킬로미터로 푸른 바다와 흙빛 선연한 남도의 땅을 거쳐 올라오는 것이다. 재미있는 사실은 이 꽃의 속도가 아이들의 걸음 속도와 비슷하다는 것이다.

"꽃의 속도로 잊어야 할 것들이 있어서,/꽃의 속도가 아니면 잊을 수 없는 것"이 어디 죽음뿐이겠는가. 그리고 "지는 것도 보람인 양/가장 크고 부드러운 손아귀 속에서 뚝,/꽃보다 진한 가지 향을 뿜어"(「이해인 수녀님의 동백가지 꺾는 소리」) 내는 것이 어디 삶뿐이겠는가. 다만 이런 속도와 방식이라면 죽음도 삶도 유정하다.

이번 시집에서 눈여겨볼 점은 손택수의 시가 여전히 가족사에 의해 전승되고 있다는 것이다. 네번째 시집에 와서도 그는 가족의 끈을 쉽게 놓지 않는다. 아니, 오히려 더욱

세게 움켜쥔다. 가족사 내부에서 개인의 기억은 홀로 존재하거나 소유되는 것이 아니라 집단의 형태로 보존된다. 이 기억이 재생될 때 발생하는 미감은 개인의 감수성에 그치는 것이 아니라 가족이라는 가장 가깝고도 먼 타자와 공유된다. 손택수는 이러한 미적 방법론을 통해 자신의 '앓음'들을 세상을 향한 공공의 영역으로 옮겨낸다. 이 세계의 물신(物神)을 비켜나가는 과정에서 이 공공의 영역은 더없이 소중하고 따뜻한 시인의 은신처가 된다.

  나는 그가 계속 이 공공의 영역에 머물며 물신의 세계에 적응하는 일에 서툴렀으면 한다. 그가 정착하지 않았으면 한다. 대신 철 지난 사랑이나 함부로 대했던 과거의 시간 같은 것에 기웃거렸으면 한다. 마음 같지도 않고 마음만으로는 될 수 없는 일들이 잦았으면 한다. 독선의 끝에 더욱 날 선 독선이 기다리고 있었으면 한다. 비굴함을 조금 덜어내는 대신 여지없이 남루가 남았으면 한다. 그리하여 계속 앓으며, 앓는 소리를 받아적은 시를 써주었으면 한다. 그에게는 온 생이 걸린 문제이겠지만 그의 시를 읽는 우리에게 그것은 '작은 일'이다. 하지만 그렇게 작은 일들이 하나둘씩 사라지면 정말 큰일이 된다고 믿는다.

  "나는 시간 속에 정착하고 싶었다. 그러나 시간은 살 수 없는 곳이었다. 영원을 향해 몸을 돌려보았다. 발을 딛고 설 수조차 없는 곳이었다." 그의 시집을 덮으며 나는 다시 에

밀 씨오랑의 말을 떠올린다. 발을 딛고 설 수조차 없는 곳이 영원이라면 이미 우리의 삶은 영원과 크게 다르지 않다. 이 삶에서 우리는 울지 않으려고 노래를 부를 것이다. 각자의 신음을 토해내고 상대의 앓음에 귀를 기울일 것이다. 그리고 다시 서로의 맑은 눈빛을 주고받으며 "아주 와서도 여전히 오고 있는 빛깔"(「수묵의 사랑」)을 오래 기다릴 것이다.

朴瀋 | 시인

　아무도 모르는 곳에 독방을 얻었다. 삼년 시묘살이는 못
할망정 가끔씩 찾아가 혼자 있어나 보자고. 쪽창으로 들어
온 빛이 젖은 손수건처럼 바닥에 깔려 있는 방이었다. 거기
서 몇해 동안 끊고 지낸 시를 다시 쓰기 시작했다. 얼치기
시묘(侍墓)살이가 시(詩)살이가 된 셈이다. 무덤 옆에 지은
시의 초막을 걷고 십년 동안 머물던 일터를 떠났다. 돌이켜
보니 애면글면하던 시절이 다 애틋하다. 곱씹고 곱씹은 아
버지의 유언 한줄로 시집을 묶는다.

2014년 8월 토지문화관에서
손택수

창비시선 379

떠도는 먼지들이 빛난다

초판 1쇄 발행 / 2014년 9월 15일
초판 8쇄 발행 / 2024년 10월 14일

지은이 / 손택수
펴낸이 / 염종선
책임편집 / 김선영
펴낸곳 / (주)창비
등록 / 1986년 8월 5일 제85호
주소 / 10881 경기도 파주시 회동길 184
전화 / 031-955-3333
팩시밀리 / 영업 031-955-3399 편집 031-955-3400
홈페이지 / www.changbi.com
전자우편 / lit@changbi.com

ⓒ 손택수 2014
ISBN 978-89-364-2379-7 03810